LE RETOUR D'UN ACTEUR;

VAUDEVILLE EN UN ACTE,

Par Madame OLYMPE, et M. ***.

Représenté pour la première fois sur le théâtre Montansier, le lundi 9 juin 1806.

PRIX : UN FRANC.

A PARIS,

Chez Madame MASSON, Libraire, et Editeur de Pièces de Théâtre et de Musique, rue de l'Echelle Saint-Honoré, N°. 10.

1806.

PERSONNAGES.	ACTEURS.
DUPONT, intendant du château de M. de Vieuxbois.	M. Joly.
CECILE, sa sœur.	Melle. Cuisot.
DORVAL, comédien.	M. Lefevre.

La Scène est dans une campagne.

La Musique de cette Pièce se trouve chez M. Gilbert, au Théâtre Montansier.

LE RETOUR
D'UN ACTEUR.

(Le Théâtre représente une campagne. Sur la droite de l'acteur l'entrée d'un vieux château. Auprès un banc de gazon. A gauche un buisson.)

SCENE PREMIERE.

CÉCILE, *assise, travaillant.*

AIR : *de M. Musard.*

Chaque jour, dès que je m'éveille,
Je chante le même refrein,
Chassons les peines de la veille
Par les plaisirs du lendemain.

Mon jeune amant, hélas ! voyage,
L'absence est l'écueil de l'Amour;
Mais je l'aime et je prends courage
Par l'espérance du retour.

Chaque jour, etc.

SCENE II.

CECILE, DUPONT, *en guêtres, canne, chapeau, venant du fond.*

DUPONT.

Tu chantes, ma sœur ?

CÉCILE.

Toujours, mon frère, vous savez que je suis gaie.

DUPONT.

Tu tiens de moi. La gaîté est un à-compte sur le bonheur.

CÉCILE.

Mon frère, vous arrivez de la ville, qu'y a-t-il de nouveau ?

DUPONT.

Ma foi, rien. A propos, voici une lettre pour toi.

CÉCILE.

Serait-ce de Dorval ?

DUPONT.

Je ne crois pas.

CÉCILE.

Voilà bien long-temps qu'il ne m'a écrit.

DUPONT.

C'est tout simple. Il ne sait pas que nous habitons ce vieux château , et nous-mêmes , ignorant où il est , n'avons pu l'en instruire.

CÉCILE.

Cette lettre est de Mademoiselle Sophie.

DUPONT.

Je m'en doutais.

CÉCILE.

Eh pourquoi ?

DUPONT.

Parce que j'ai reçu en même temps une lettre de son père. Tiens, écoute , je vais t'en faire lecture :

« Mon cher Dupont, des affaires imprévues me retiennent
» à Paris pour quelques jours de plus que je ne croyais. Cela
» me contrarie d'autant plus , que j'ai donné rendez-vous , dans
» mon château , à mon ancien ami , M. de la Futaye , que sa
» mère m'envoie pour épouser ma fille. Reçois-le en mon ab-
» sence comme moi-même , et aie pour lui les égards dus au
» gendre futur de ton maître. DE VIEUXBOIS. »
(*Il croit mettre la lettre dans sa poche, et la laisse tomber.*)

CÉCILE.

Ecoute à présent ce que m'écrit Mademoiselle Sophie :

«Ma pauvre Cécile, si j'étais plus près de toi, tu consolerais
» ton amie. Figure-toi que mon père et ma mère veulent me
» marier à un jeune homme du Calvados , nommé M. de la
» Futaye. Comme il doit arriver à Vieuxbois , pendant que
» nous sommes à Paris , si ton frère et toi pouviez , par quel-
» que ruse , le renvoyer au fond de son département , tu pour-
» rais être sûre de la reconnaissance de ta bonne amie, SOPHIE. »

DUPONT.

Ma foi , je ne demande pas mieux que d'être utile à notre jeune maîtresse.

CÉCILE.

Je suis bien sûre , mon frère , que tu ne me sacrifierais pas comme cela ?

DUPONT.

Ah ! je te vois venir. Tu veux me parler de ton Dorval ?
Revenons à notre affaire. Comment renvoyer cet original ?
Attends , j'ai une idée... oui ; ce ne sera pas à moi qu'il parlera.

CÉCILE.

Ah ! mon frère , tu vas me charger de cette commission ? Je
n'oserai pas....

DUPONT.

Sois tranquille , j'ai joué la comédie autrefois.

CÉCILE.

Je le sais bien , mon frère.

DUPONT.

Je la jouerai encore aujourd'hui.

CÉCILE.

Et il faudra que je fasse un rôle ? j'entends.

DUPONT.

Tu ne serais pas la première femme à qui cela arriverait.

CÉCILE.

Sans doute ; mais en fait de comédie....

AIR NOUVEAU , *de Simon.*

Je ne prendrai jamais pour règle
Telle qui la joue en tous temps ;
A quinze ans elle fait l'espiègle ,
Et l'ingénue à dix-huit ans ;
La prude avant le mariage ;
Mais on la voit jouer après ,
Le diable à quatre en son ménage ,
Dans le monde la fausse Agnès.

DUPONT.

Fort bien. Rentrons combiner notre plan , et préparer nos
costumes.

SCENE III.

DORVAL, *un paquet sur l'épaule.*

AIR : *de la barcarole du vaisseau.*

Quand je marche avec mon bagage ,
J'ai soin , pour chasser le chagrin ,
De chanter le long du voyage ,
Afin d'égayer le chemin.

AIR : *du point du jour.* (Gulistan.)

Au point du jour ,
Avec l'amour ,

> Guide heureux et fidelle ,
> Je marche , espérant qu'au retour ,
> Je pourrai peut-être , à mon tour ,
> Reposer auprès de ma belle
> Au point du jour.

Voilà quatre heures que je marche , sans rencontrer le moindre bouchon ; je commence à sentir la lassitude et l'appétit. Voici un château, c'est celui que l'on m'a indiqué pour le château de Vieuxbois. Il est habité par ma chère Cécile. Elle ne sait pas qu'on m'a appris le lieu de sa demeure , et elle ne s'attend pas à mon retour. Tant mieux, je veux profiter de cela , et des changemens que deux ans ont pu produire sur mes traits , pour savoir si elle m'est restée fidelle... Si mon épreuve ne réussissait pas?... Ah ! ma foi, je n'en prendrais pas plus de chagrin.

AIR : *du Vaudeville de l'Intrigue sur les toits.*

> Moi, qui suis un acteur comique,
> De rien je ne dois m'affliger ;
> Quand je prendrais le ton tragique,
> Verrais-je mon destin changer ?
> Non , sans doute ; aussi je persiste
> A conserver ma bonne humeur ;
> Car , sur mon âme , un acteur triste
> Est bien souvent un triste acteur.

Sous quel prétexte m'introduirai-je dans le château? Si j'y proposais un échantillon de mon savoir faire? .. Je suis seul , à la vérité ; mais cela ne m'empêcherait pas de leur jouer un spectacle entier. Je sais Arlequin tout seul, Scapin tout seul, l'Ivrogne tout seul , le Soldat tout seul , etc. C'est une bonne invention que les tout seuls.... quand cela réussit.

AIR : *de couplets et de madrigaux.*

> Quand des auteurs , de bonne humeur ,
> Ont fait une scène jolie ,
> Quoique tout seul , alors l'acteur
> Se trouve en bonne compagnie.
> Mais quand l'ouvrage est ennuyeux ,
> L'acteur seul a beau se débattre ,
> Il prend de la peine pour deux ,
> Et fait bailler comme quatre.

Ma foi, je ne risque rien ; frappons. Ah ! ah ! une lettre ? elle est ouverte.... « M. de la Futaye , qui arrive du fond du » département du Calvados , reçois-le comme moi-même... » La date récente ! Ah! parbleu voilà une bien meilleure idée. (*Il ouvre son paquet.*) Un provincial ! Prenons l'habit de M. Desmasures. .. Un moment... Un provincial qui vient pour se marier , n'arrive pas ainsi à pied, sans lettres, sans un cadeau pour sa future. Eh , parbleu, qui m'empêche d'envoyer mon valet devant moi. Allons , de la comédie , Dorval. Voici mon théâtre. Ce buisson va me servir de loge. Au moyen de mes travestissemens , j'aurai autant de personnages que je voudrai. Cette lettre m'apprend que le baron est à Paris, profitons de l'occasion. Adresse et prudence , voilà le moyen de réussir partout. (*Il va derrière le buisson.*)

SCENE IV.

DUPONT, DORVAL.

DUPONT , *en valet niais, sortant du château.*

Me voilà comme il faut pour renvoyer les prétendus de Mademoiselle Sophie ; promenons-nous devant la porte , d'un air bien bête, pour les voir venir de loin.

(Il se promène en chantant.)

DORVAL , en niais picard.

Voilà quelqu'un du château , adressons-nous à lui... Mon ami ?

DUPONT.

Quoi que c'est-il qu'vous voulez , mon ami ?

DORVAL.

Le châtiau d'Vieuxbois , c'est-il ici ?

DUPONT.

Est-ce que vous ne le voyez pas ?.... Qu'il est bête donc......
Et qu'est-ce que vous lui voulez au châtiau ?

DORVAL.

Ce n'est pas à lui que j'ai affaire , c'est au maître.

DUPONT.

Ah ! c'est bon , j'vas avertir Monsieur.

DORVAL.

Laissez-moi donc entrer.

DUPONT.

Nenni ! Monsieur m'a défendu de laisser entrer personne.

DORVAL , à part.

Diable ! Cette lettre m'avait fait croire que M. de Vieuxbois était à Paris.

DUPONT.

Quoiq'vous ruminez donc là tout seul ?

DORVAL.

Moi, je n'rumine rien..... Mais, cependant, vous devez attendre ici mon maître ?

Votre maître ? Qui êtes-vous donc ?

DORVAL.

Jacquinot.

DUPONT.

Mais encore ?

DORVAL.

Original de Picardie.

DUPONT.

Après ?

DORVAL.

Et valet de chambre de M. de la Futaye, original du Calvados.

DUPONT.

Ah ! je vois ce que c'est. Eh bien, mon ami, votre maître et vous, pouvez vous en retourner sur-le-champ.

DORVAL.

Oui-dà ? c'est bon à une bête qu'on pourrait dire çà.

DUPONT.

Vous voyez bien que j'vous l'dis.

DORVAL.

Ne vous y trompez pas.

AIR NOUVEAU.

Je suis Picard,
On l'voit b'en, car
Mon nom est parlant,
Jacquinot le Franc :
Je sers un Normand,
Cela vous surprend ;
Mais dans tout pays
L'argent a son prix.
Pour me former avec vitesse,
J'ai fait un voyage à Paris :
Dans c'te ville, on m'disait sans cesse,
Que j'étais ben de mon pays.
Je suis Picard,
On l'voit ben, car
Même dans c'te cité,
J'disais la vérité.

Enfin, voyant bien
Qu'çà n'servait à rien,
Je voulus changer
Et me corriger.
Alors, je suivis à la piste,
L'auteur de maint nouveau roman.
Puis, j'entrai chez un journaliste,
Aujourd'hui je sers un Normand.
Je suis Picard,
On l'voit ben, car
Malgré le Normand,
L'auteur du roman,
L'journaliste, et puis
L'séjour de Paris,
J'suis encor vraiment,
Jacquinot le franc.

DUPONT.

Tout çà ne prouve rien. Apprenez, mon ami, que M. de Vieuxbois est revenu de Paris ; qu'il est d'une colère épouvantable contre sa femme, de ce qu'elle a promis sa fille à votre maître, sans lui demander son consentement; et que je ne lui conseille pas de se présenter dans ce moment-ci, dà!

DORVAL.

Ma fine, vous allez pourtant le voir; il vient de descendre de voiture avec sa mère, Madame de la Futaye, et ils s'acheminent tous deux par ici....

DUPONT.

Si vous voulez leur rendre service, allez au-devant d'eux, et avertissez-les de ce que je viens de vous dire. Monsieur est à table, et quand il a bu sa demi-douzaine de bouteilles, ce qui lui arrive à chaque repas, il n'entend pas raison, d'abord!

DORVAL.

Oh! Madame la Futaye lui fera entendre. C'est une fière femme, allez!

DUPONT.

Méchante?

DORVAL.

Fi donc! ne vous y trompez pas. C'est un mouton, quand elle n'est pas en colère.

DUPONT.

En vérité?

DORVAL.

Foi de Picard.

DUPONT.

Eh bien, c'est bon; si elle est méchante, elle ne le cède en rien à not' Madame.

DORVAL.

Vrai?

DUPONT.

J'crois ben. Quand elle est de bonne humeur, ce qui ne lui arrive pas souvent, elle ne me donne que cinq ou six bonnes giffles, et autant de taloches par jour. Elle casse tout, brise tout, et si son mari n'était pas aussi méchant qu'elle, j'crois que ce serait elle qui le battrait.

DORVAL.

Ça doit faire un joli ménage!

DUPONT.

Et la fille donc? Not' demoiselle, c'est tout le portrait de sa mère, un lutin, un démon!

DORVAL.

C'est bon à savoir; mon maît' s'ra ben heureux avec elle.

DUPONT.

Mais oui, d'autant, qu'entre nous, elle ne l'aime pas beau-
coup. Mais, écoutez, camarade, allez prévenir vos maîtres;
je vais avertir madame. Sans adieu Je désire déjà que vous
soyiez de la maison, pour que vous partagiez mes petits
profits. (*Il sort.*)

SCENE V.

DORVAL, *seul.*

Ah, parbleu! l'aventure est unique. Allons, il faut m'en
amuser. J'ai dans mon paquet ce qu'il me faut, et je vais être
tout d'un coup madame de la Futaye.

Air : *Appaisez-vous ma mère.* (des Chevilles.)

> Pour la paix, pour la guerre,
> La ruse est nécessaire :
> On ne s'en passe guère
> Au théâtre, en amour.
>
> Souvent, quoique fidelle,
> On voit plus d'un amant,
> Pour éprouver sa belle,
> Prendre un déguisement.
>
> Pour la paix, etc.
>
> Je fuis toute imposture,
> Mais je puis, comme acteur,
> Déguiser ma figure,
> Sans déguiser mon cœur.
>
> Pour la paix, etc.

(*Il passe derrière l'arbre.*)

SCENE VI.

DUPONT, *sortant en vieille femme.*

(*Il marche sur les genoux, comme dans les Vendanges
de Surène.*)

Ils ne sont pas encore là? Ah! parbleu, je vais me divertir
à leurs dépens; et ils verront à quelle femme ils ont affaire.
Répétons notre rôle.

Air : *J'ai du bon tabac.*

> J'ai beaucoup d'esprit, j'ai du caractère :
> Des gens à talens j'ai toujours fait cas :
> Je pense beaucoup, je ne parle guère,
> Je n'ai jamais craint de faire un faux pas.
> J'eus cependant beaucoup d'appas,
> Et de moi l'on ne parla pas,
> Je suis une femme comme on n'en voit guère,
> Je suis une femme comme on n'en voit pas.

Dorval , *en vieille femme , sortant de derrière l'arbre.*)
Madame, votre servante.

DUPONT.

Votre servante , Madame.

DORVAL.

A qui ai-je l'honneur de parler ?

DUPONT.

Moi-même , Madame , à qui aurais-je celui de répondre ?

DORVAL.

Je suis Madame de la Futaye.

DUPONT.

Je suis Madame de Vieux-Bois.

DORVAL.

C'est donc vous , Madame, dont mon fils doit épouser la
fille ?

DUPONT.

Oui , Madame, c'est moi dont la fille doit épouser votre fils.

DORVAL.

C'est ce qu'il me paraît.

DUPONT.

Cela est évident.

DORVAL.

Savez-vous , Madame , qu'un imbécille de valet, que vous
avez , a tenu de singuliers propos à mon jockey ?

DUPONT.

Savez-vous, Madame, que votre jockey a dit à mon valet des
choses fort bizarres !

DORVAL.

Il vous a dépeint d'une façon.....

DUPONT

Il a fait votre portrait d'une manière....

DORVAL.

Et il a osé dire que votre fille n'aimait pas mon fils....

DUPONT.

Il a osé dire cela , Madame ?

DORVAL.

Oui, Madame. Jugez dans quelle colère cela m'a mise ?

DUPONT.

Eh ! là, là, appaisez-vous, ma mie.

DORVAL.

Croyez-vous que je ne devine pas ce qui fait que Mademoiselle de Vieuxbois ne veut point de mon fils ?

AIR : *Courez de la brune à la blonde.*

Elle est sans doute coquette,
Et je soupçonne aisément
Qu'elle écoute la fleurette
De plus d'un jeune galant.
Je sais bien que d'une fille
Les goûts sont extravagans,
Et qu'en cachette elle grille,
Lorsqu'elle a ses quinze ans,

De se choisir,　　　　D'un salon,
A loisir,　　　　　　Du bon ton,
Mille amans,　　　　Faire après
Bien charmans,　　Tous les frais,
Bien muguets,　　　Et la nuit,
Bien coquets.　　　Avec bruit,
Avec eux,　　　　　Dans un bal,
En tous lieux,　　　Infernal,
S'admirer,　　　　　Se lasser
Se montrer.　　　　A danser,
En festin,　　　　　S'enrouer.
Le matin :　　　　　Puis jouer,
Puis le soir,　　　　Et perdre en
Allez voir　　　　　Un instant
L'opéra,　　　　　　Son argent.
Ou Gara.　　　　　Cette vie
Velloni,　　　　　　Est jolie.
Frascati.

DUPONT.

Reprenez haleine, madame, je vous en prie. Si ma fille n'aime pas votre fils, elle a peut-être raison.

MÊME AIR.

Elevé dans la province,
Le jeune homme est sûrement
D'un mérite un peu trop mince,
Pour une aussi belle enfant.
Dites-moi, que sait-il faire ?
A-t-il des propos galans ;
Ou bien peut-il dans sa sphère,
Nous montrer des talens !

Non, je le vois,　　　Les forêts,
Je conçois　　　　　Les guérêts,
Qu'il est laid　　　　Se lasser
Et mal fait,　　　　A chasser
Qu'il ne sait,　　　　Un lapin ;
Pour plaisir,　　　　Puis soudain,
Que courir　　　　　En rentrant,

<table>
<tr><td>Tout suant,
Dévorer,
Digérer,
Au repas,
Quatre plats.
Boire après ,</td><td>Du vin frais.
Puis dormir
A loisir.
Cette vie
Est jolie.</td></tr>
</table>

DORVAL.

Ah ! Madame, quel portrait! Ce cher enfant ! Comment l'instruire d'une aussi mauvaise nouvelle ? Il est d'une sensibilité !

DUPONT.

Ne connaissant pas ma fille , il ne peut la regretter.

DORVAL.

AIR : *Etourdi volontaire.* (du Mur mitoyen.)

Mon fils a tout pour plaire,
Esprit , bon caractère :
Il ressemble à sa mère.

DUPONT.

Ah ! je n'en doute pas.
Mais ma fille est sincère ,
En amour, point légère,
Et ressemble à sa mère.

DORVAL.

Ah ! je n'en doute pas.
Sa tournure, ainsi que sa figure ,
Sont vraiment charmantes , je vous jure.
On dit qu'il me ressemble.... hélas !

DUPONT.

Puisqu'il a tant d'appas ,
Madame, je n'en doute pas.

DORVAL.

Ayez moins de sévérité ,
Madame , je vous prie.

DUPONT.

De vous servir, en vérité ,
J'aurais l'âme ravie.

ENSEMBLE.

<table>
<tr><td>**DUPONT.**</td><td>**DORVAL.**</td></tr>
<tr><td>Je vous refuse à regret , je vous jure .
Je voudrais vous servir , je vous assure.
D'un fils qui vous ressemble.... hélas!
Ah ! croyez que je fais grand cas ,
Que je fais beaucoup de cas.</td><td>Ah ! je saurai me venger, je vous jure,
D'un pareil trait , d'une semblable injure,
D'un fils qui me ressemble....., hélas !
Peut-on faire si peu de cas ?
Oui , faire si peu de cas ?</td></tr>
</table>

DUPONT.

Ne m'accusez pas , Madame , je ne fais qu'obéir à mon mari.

DORVAL.

Fort bien ; mais dites à votre mari que c'est un fou fieffé,
un original, qui ne méritait pas, pour sa fille, un jeune
homme, tel que mon cher Fanfan Benjamin de la Futaye, le
chérubin de son département, un membre de l'Athénée de
Lisieux. Retenez cette sentence, Madame :

AIR : *Une fille est un oiseau.*

Une fille est une fleur
Qui doit redouter de même,
De l'hiver, le froid extrème,
Et de l'été, la chaleur.
Que l'amant, lorsqu'il la presse,
Imite en délicatesse
Le zéphir qui la caresse,
Et ranime sa couleur.
La fille, douce et craintive,
Ressemble à la sensitive :
Un souffle peu délicat,
Soudain ternit son éclat.

Faites, au moins, une chose pour moi, veuillez m'envoyer
la jeune personne ; que je lui parle, que je....

DUPONT.

Oh! pour cela, Madame, volontiers.

DORVAL.

Vous êtes charmante !

DUPONT, *à part.*

Envoyons-lui Cécile, qui la congédiera comme elle pourra·
Au reste, je viendrai l'aider. (*haut.*) Vous n'attendrez pas
long-temps, Madame. Je vous salue.

SCENE VII.
DORVAL, *seul.*

Voilà des prétendus bien reçus. Enfin, je vais voir Cécile ;
car la demoiselle est à Paris, et je me doute bien maintenant
de la ruse de Dupont. Quittons ce costume, et prenons-en un
qui convienne à la nouvelle scène que je veux jouer. Je l'entends (*Il se cache derrière l'arbre.*)

SCÈNE VIII.
CECILE, DORVAL, *caché.*

CÉCILE.

Eh bien, où est-elle donc ? Elle aura pris son congé, de peur
de le recevoir. Mon oncle, qui voulait encore se déguiser ; je

ne crois pas que ce soit nécessaire , car ils ne reviendront ni l'un ni l'autre. Mademoiselle Sophie sera bien contente. Mais voyez un peu la bizarrerie du sort ; on se donne , pour éloigner ses amans , toute la peine que d'autres prendraient pour les ramener. Cela me fait penser au mien. Dorval est bien loin.

DORVAL , *sans se montrer.*

Pas tant qu'elle croit.

CÉCILE.

Quand donc reviendra-t-il ?

DORVAL , *de même.*

Bientôt.

CÉCILE.

Hein? J'ai cru qu'on parlait.

AIR : *Je suis Lindor.* (de Paësiello.)

Pour tout soutien, je n'ai que l'espérance ,
Elle est , dit-on, la fille de l'Amour :
Mais , de celui dont elle tient le jour,
Elle a souvent prolongé l'existence.

DORVAL , *en hussard , avec des moustaches.*

Pardon , belle demoiselle , si je vous arrête. Pourriez - vous m'indiquer le château de Vieuxbois ?

CÉCILE , *à part.*

Est-ce encore un prétendu ? (*Haut.*) Le voici devant vous.

DORVAL.

Vous vous en allez ? Vous fais-je peur ?

CÉCILE.

Non , Monsieur ; mais une jeune personne ne doit pas causer avec un inconnu.

DORVAL.

Je suis Français et militaire , que pouvez-vous craindre ?

CÉCILE.

Rien , je vous assure ; mais je veux rentrer.

DORVAL.

J'arrive de Bordeaux.....

CÉCILE, *s'arrêtant.*

De Bordeaux?·...

DORVAL.

Et je suis chargé de la part d'un de mes amis , nommé Dorval.....

CÉCILE, *accourant.*

Dorval? Vous avez de ses nouvelles? Ah! monsieur le soldat, vous êtes peut-être fatigué , vous avez peut-être besoin de vous rafraîchir?

DORVAL.

Cela est vrai; et j'accepterais volontiers.....

CÉCILE.

Tout ce que vous voudrez. (*Elle entre dans le chateau.*)

DORVAL.

Cela commence bien; et cet empressement est de bon augure.

CÉCILE, *apportant une bouteille et un verre.*

Voilà de bon vin; buvez un coup.

DORVAL.

Je ne vous fais donc plus peur ?.... C'est qu'une jeune personne ne doit pas causer avec un inconnu.

CÉCILE.

Vous êtes français et militaire, que puis-je craindre ?

DORVAL.

Rien , sans doute.

CÉCILE.

Monsieur, vous venez de Bordeaux, et vous connaissez Dorval ?

DORVAL.

Oui , Mademoiselle. Il a été bien étonné de passer deux ans sans recevoir de vos nouvelles.

CÉCILE.

J'ai bien été le même temps sans recevoir des siennes.

DORVAL.

Un oncle , fort riche et fort avare, ne lui donnant absolument rien , il a été forcé pour vivre de s'engager....

CÉCILE.

Ah mon Dieu ! il est militaire ?

DORVAL.

Pas tout-à-fait. Il s'est engagé dans une troupe de comédiens, et il a joué pendant deux ans, à Bordeaux, sous le nom de Durville.

CÉCILE.

Voilà pourquoi mes lettres ne lui sont pas parvenues.

DORVAL.

Apparemment.

CÉCILE.

Quels rôles jouait-il, Monsieur ?

DORVAL.

Les comiques.

CÉCILE.

Comment il ne jouait pas les amoureux ?

DORVAL.

Songez que vous n'étiez pas près de lui.

AIR : *de Lasthénie.*

Celui qui peint le sentiment
Ne doit pas en quitter les traces,
Et pour réussir, vainement
De l'art il emprunte les graces.
Il n'éblouirait qu'un moment,
Par une brillante imposture,
Et toujours le rôle d'amant
Doit se jouer d'après nature.

CÉCILE.

Il vous a donc parlé quelquefois de Cécile ?....

DORVAL.

Il m'en entretenait à toute heure du jour.

CÉCILE.

Et il vous disait....

DORVAL.

Que jamais il n'en aimerait d'autre.

CÉCILE.

Bien vrai ?

DORVAL.

Personne ne peut le savoir mieux que moi. Mais en atten-
dant, que voulez-vous que je lui dise quand je le reverrai ?

CÉCILE.

AIR : *Cacher la femme sous les roses.*

Dites-lui qu'une ardeur nouvelle
Dans mon cœur naissait chaque jour,
Et que s'il est resté fidelle,
Je saurai payer son amour :
Qu'après son retour je soupire,
Que son absence m'affligea......

3

DORVAL.

Tout ce que je pourrais lui dire,
Ah! croyez qu'il le sait déjà.

CÉCILE.

Que voulez-vous dire?

DORVAL.

AIR : *de la Chimène.*

Que Dorval, que votre amant fidelle,
N e peut plus vivre loin de sa belle;
Que l'amour
Près de vous le rappelle,
Et qu'enfin il est de retour.

(*Il ôte ses moustaches.*)

CÉCILE.

Ciel! Dorval! quelle surprise extrême!

DORVAL.

De ma ruse veux-tu me punir?

CÉCILE.

Non, lorsqu'on revoit celui qu'on aime,
La surprise ajoute au plaisir.

ENSEMBLE.

DORVAL.	CÉCILE.
Oui, Dorval, oui, ton amant fidelle,	Oui, Dorval, oui, mon amant fidelle,
Ne vivra jamais pour d'autre belle.	Ne vivra jamais pour d'autre belle.
Son amour près de toi le rappelle :	Son amour près de moi le rappelle :
Pour son cœur,	Pour mon cœur,
Quel moment flatteur!	Quel moment flatteur!

DORVAL.

Ah çà, ma chère Cécile, il paraît que tandis que je voulais
te jouer la comédie, on me la jouait à moi-même.

CÉCILE.

Comment cela?

DORVAL.

Voici ton frère, ne dis rien, je t'expliquerai cela.
(*Il remet ses moustaches.*)

SCENE IX.

CECILE, DUPONT , *en vieux, ivre,* DORVAL
en militaire.

DUPONT.

Corbleu, ma fille! que faites-vous dehors avec un étranger?

CÉCILE.

C'est que....

DUPONT.

Il n'y a point de c'est que. Rentrez...... rentrez vîte , corbleu !

CÉCILE.

Je rentre , mon frère.... mon père.

SCENE X.

DUPONT, *en vieux , ivre ,* DORVAL , *en militaire.*

DUPONT.

M. le militaire, puis-je savoir ce que vous vouliez à ma
fille ?

DORVAL.

Rien , Monsieur.

DUPONT.

Comment rien ?

DORVAL.

Etes-vous M. de Vieuxbois ?

DUPONT.

Je crois que oui ; pour le moment du moins.

DORVAL.

Eh bien , Monsieur, c'est à vous que j'ai affaire. Avez-vous
de l'honneur ?

DUPONT.

On le dit , Monsieur.

DORVAL.

Etes-vous franc et loyal ?

DUPONT.

Comme un bon buveur.

AIR : *de la Cinquième Edition.*

Un vieux proverbe très-certain ,
Dont l'auteur est fort estimable,
Dit : LA VÉRITÉ DANS LE VIN ;
Or, je ne la cherche qu'à table.
De la trouver , ma volonté
Ne saurait être détournée:
Et j'aime tant la vérité ,
Que je bois toute la journée.

DORVAL.

C'est fort bien , et je crois m'apercevoir que vous êtes en disposition de parler franchement.

DUPONT.

Il est vrai que je viens de dîner.

DORVAL.

Vous avez promis votre fille à M. de la Futaye ? Voulez-vous lui tenir parole ?

DUPONT.

Sans contredit.

DORVAL.

Cependant un de vos gens l'a fort poliment éconduit.

DUPONT.

Ce n'est pas par mon ordre; c'est apparemment par celui de ma femme , et je vais lui laver la tête comme il faut.

DORVAL , *arrêtant Dupont.*

Un moment. Vous accusez votre femme , et cependant elle a fait congédier M. de la Futaye , en disant que c'était pour vous obéir.

DUPONT.

Une femme , obéir à son mari ! Je vous en fais juge , est-ce vraisemblable ?

DORVAL.

Vous éludez la question.

DUPONT.

Mais c'est que vous m'y mettez à la question.

DORVAL.

Répondez juste , ou bien nous aurons affaire ensemble.

DUPONT.

Écoutez la raison, mon cher ami : M. de la Futaye , c'est un normand, çà ne boit que du cidre , çà ne peut pas être mon gendre.

DORVAL.

Ainsi , il n'aura pas votre fille ?

DUPONT.

Comme vous dites.

D O R V A L.

J'en suis au désespoir ; mais je suis son ami : l'insulter, c'est me manquer à moi-même , et vous allez m'en rendre raison.
(*Il tire deux pistolets.*)

D U P O N T.

Finissez donc ! (*à part.*) Voilà qui devient sérieux. (*haut.*) Vous voulez rire ?

D O R V A L.

Non, Monsieur, je n'en ai nulle envie ; choisissez , ils sont également chargés.

D U P O N T.

Au diable la baronnie ! Je ne suis plus noble, et je ne me bats pas.

D O R V A L.

C'en est trop ! Je vais me fâcher ! Voulez vous que je commence ?

D U P O N T.

Non , Monsieur. Finissez , finissez. Au secours ! au secours !

SCENE XI ET DERNIERE.

DUPONT, CECILE, DORVAL.

C É C I L E.

Qu'y a-t-il ? Qu'est-ce donc ? Comment Monsieur , vous voulez tuer mon frère ?

D O R V A L.

Votre frère ! Cécile , ce n'est donc pas M. de Vieuxbois ?

C É C I L E.

Eh non, c'est M. Dupont , mon frère , intendant du château.

D U P O N T.

Cécile , Monsieur te connaît-il ?

D O R V A L, *ôtant ses moustaches.*

Un peu Dupont ; mais bientôt davantage, si tu y consens.

D U P O N T.

Quoi? c'est Dorval ? Ah ! parbleu je ne pensais guères à toi. Et d'où diable viens-tu?

D O R V A L.

De Bordeaux.

DUPONT.

Que viens-tu faire ici ?

DORVAL.

Te faire peur, comme tu viens de le voir ; mais sans autre dessein que de me venger un peu de toi.

DUPONT.

Te venger! Que t'avais-je fait ?

DORVAL.

Tu m'as renvoyé deux fois.

DUPONT.

Je ne te renverrai pas une troisième, et Cécile ne le voudrait pas.

CÉCILE.

Il le sait bien, mon frère.

DUPONT.

Et ces déguisemens ? Est-ce que tu jouerais la comédie ?

DORVAL.

Depuis deux ans.

DUPONT.

Ah! tu es artiste ?

DORVAL, *avec modestie.*

Non , je suis comédien.

AIR : *L'hymen est un lien charmant.* (de Léonce.)

> Oui, je prends le titre d'acteur ;
> C'est le seul dont je me décore ;
> Et je n'ose briguer encore
> Des Artistes le nom flatteur,   (bis.)
> Beaucoup de zèle est mon partage ;
> Et quand je marche avec ardeur,
> Si l'indulgence m'encourage,   (bis)
> Peut-être un jour avec honneur
> Je terminerai mon voyage.

DUPONT.

Eh bien, mon ami, nous avons tous deux joué la comédie ; il faut y mettre le dénouement d'usage. Tu aimes Cécile, elle t'aime....

DORVAL , *prenant la main de Cécile.*

Cela ne pouvait finir plus heureusement pour moi, et je dois m'applaudir du succès de mon voyage.

VAUDEVILLE.

Air : *Hermite, bon hermite.* (de Gavaux.)

La vie est un voyage,
Et chaque voyageur
Se promet l'avantage
D'arriver au bonheur.
L'écolier, le critique,
Le peintre, l'écrivain,
L'acteur, le politique,
Se mettent en chemin.
Au milieu de la route
La nuit vient par malheur ;
C'est ce qui fait sans doute
    Perdre la route
A maint voyageur.

DORVAL.

Le chemin de Cythère
Paraît semé de fleurs ;
Ses détours doivent faire
Redouter les erreurs.
Le jeune homme s'égare,
Mais arrive pourtant.
Le vieillard se prépare,
De peur d'un accident.
Au milieu de la route,
La nuit vient par malheur ;
C'est ce qui fait sans doute
    Perdre la route,
Au vieux voyageur.

CÉCILE.

Thalie et Melpomène,
D'un pas tout chancelant,
Souvent sur notre scène,
Ne marchent qu'en tremblant.
La critique s'avance
Le sifflet à la main,
Tandis que l'indulgence
Applanit le chemin.
Que d'efforts il en coûte,
A l'acteur, à l'auteur.
Vous voudrez bien sans doute,
    Aider en route,
Chaque voyageur.

DE L'IMPRIMERIE DE POSSIEN ET BRETON, RUE
DES GRAVILLIERS, N°. 7.

www.ingramcontent.com/pod-product-compliance
Ingram Content Group UK Ltd.
Pitfield, Milton Keynes, MK11 3LW, UK
UKHW022345170726
13837UKWH00005BA/2420